Mittlere
Waldlande
Große
Steppe
Dürrer
See
Steinwüste
Erzgebirge

Für Luis und Jan –
Ideengeber und Einflüsterer

Fairyland
Fabelhafte Fantasie

1. Auflage 2021
ISBN: 978-3-9504699-6-7

www.fairyland-verlag.at, office@fairyland-verlag.at

Autorin: Silke Farmer, Illustration: Elif Siebenpfeiffer
Layout, Satz & Herstellung: Fairyland Verlag e.U.
Druck & Bindung: Gugler GmbH, Printed in Austria

Gefördert durch das Land Niederösterreich

KULTUR NIEDERÖSTERREICH

Wir drucken umweltfreundlich!

Wir schützen das Klima und intakte Ökosysteme: Dieses Buch enthält nur gesunde Substanzen und kann daher – anders als herkömmlich gedruckte Bücher – zu **100 % wiederverwertet** werden. Durch das zertifizierte Cradle to Cradle™-Verfahren sind Farben, Papier und weitere verarbeitete Druckkomponenten **für den biologischen Kreislauf optimiert**. Das heißt, es entsteht kein giftiger Abfall mehr und die Inhaltsstoffe sind **für unsere Gesundheit und die Umwelt völlig unbedenklich.**

In Liebe zur Natur und zu unseren Kindern!

greenprint* klimapositiv gedruckt

CERTIFIED cradletocradle SILVER

Gedruckt nach der Richtlinie „Druckerzeugnisse" des Österreichischen Umweltzeichens. gugler* print, Melk, UWZ-Nr. 609, www.gugler.at

Zauberfeder

Der Ring des Zwergenkönigs

von Silke Farmer
illustriert von Elif Siebenpfeiffer

Valorun

Einst lebten in der Gegend grosse Zauberer. Mit ihren Gesängen erfüllten sie die Sümpfe und Flüsse, die Seen und Berge, die Wiesen und Wälder mit Magie – und sie gaben dem Landstrich einen unaussprechlich schönen Namen. In seiner Bedeutung ist dieser Name der gleiche geblieben: das Land, das vom Zaubergesang abstammt. Aber heute nennen es seine Bewohner Valorun.

Inhaltsverzeichnis

Geburtstag mit Enttäuschung 9

Begegnungen im Wald 15

Eldrids Vorschlag 22

Der Weg zum Erzgebirge 31

Bekanntschaft wider Willen 39

In der Erzburg 46

Eine verliebte Pixie 57

Luwin Ringbewahrer 62

Geburtstag mit Enttäuschung

Es ist ein wundervoller Tag, und das nicht nur, weil die Sonne vom Himmel lacht. Heute ist Luwins Geburtstag.
Zur Feier des Tages hat Luwins Mutter sein Lieblingsgericht gekocht: Wurzelgemüse mit Beerenmus. Die ganze Wohnhöhle von Familie Eisenherz duftet danach.
Mit seinen 45 Jahren ist der Zwerg zwar noch nicht ganz erwachsen, denn das sind Zwerge erst mit 60 Jahren. Aber Luwin kann mit seinen magischen Fähigkeiten immer besser umgehen. Seine Nase ist so fein, dass er Gold, Silber und Edelsteine in den Bergen aufspüren kann.
Und heute ist es ihm das erste Mal gelungen, sich zu verzwergen. Das ist eine seltene und besondere Gabe.
Beim Verzwergen verschmilzt ein Zwerg so sehr

mit seiner Umgebung, dass er kaum noch zu sehen ist. Wenn er etwa vor einer Steinwand steht und sich verzwergt, nimmt er Farbe und Muster der Steine an.
Na ja. Beim Verzwergen muss Luwin sich noch mächtig konzentrieren. Wenn er nämlich dabei niesen muss, nimmt er wieder seine normale Gestalt an. Daran muss er noch arbeiten. Aber Luwin ist zuversichtlich.

Nach dem Abendessen verrät das Geburtstagskind den Eltern seinen Plan für den morgigen Tag.
„Ich werde zu den Ältesten gehen. Sie müssen mich endlich in die Gemeinschaft der Großen aufnehmen.

Ich bin jetzt vollmagisch!“, sagt er und strahlt übers ganze Gesicht.
Seine Eltern wechseln einen besorgten Blick. Sie sind sich da nicht so sicher.

Nach dem Frühstück stapft Luwin gut gelaunt los. In Gedanken übt er den Anfang seiner Rede an die Ältesten: *„Seid gegrüßt! Ich bitte euch, mich anzuhören!“*
Luwin findet, das klingt total erwachsen.
Sein Weg führt an den Hügeln der Nachbarn vorbei, bis hinauf zum Königsmugel.
Der Königsmugel ist der größte Hügel in der Gemeinde der Hundert-Hügel-Zwerge.
Im Königsmugel lebt der alte König Gorin Goldstein mit seiner Familie, seinen Dienern, Wachen und Kriegern.
Hier halten auch die Ältesten Rat. Sie beraten den Herrscher bei wichtigen Entscheidungen

und helfen ihm so, das Land zu regieren.
Eine der Wachen hat Luwin den Weg zur großen Halle gezeigt. Jetzt steht er vor dem hohen, schweren Tor. Luwin atmet noch einmal tief durch, bevor er es öffnet. Das ist gar nicht so leicht. Er drückt mit aller Kraft dagegen. Und als das Tor endlich aufgeht, hört er einen der Ältesten sagen: „Wir können es nicht länger geheim halten, dass Gorin …“
Der alte Zwerg verstummt, als er Luwin bemerkt. Alle Augen richten sich auf den jungen Zwerg.

Die Ältesten mustern ihn ernst.
Luwin schaut unsicher in die Runde. Erleichtert stellt er fest, dass der König nicht anwesend ist.
Darüber ist Luwin heilfroh, denn er hat großen Respekt vor Gorin Goldstein.
Doch heute machen ihn auch alle anderen nervös. Unruhig tritt Luwin von einem Fuß auf den anderen.
Er weiß plötzlich nicht mehr, was er sagen wollte.
„Äh … Also … Ich …“, stammelt er.

„Luwin Eisenherz!“ Tabok Steinklugs Stimme donnert durch die Halle.
Der Oberste des Rats hat sich erhoben und die Hände in die Hüften gestemmt. „Was ist denn so wichtig, dass du unsere Versammlung störst?“
Luwin ist blass geworden.
„Ich ... Ich wollte euch bitten, mich in die Gemeinschaft der Großen aufzunehmen“, stößt der junge Zwerg hervor. Endlich ist es heraus!
Zwar wollte er es anders sagen, aber egal.
Tabok Steinklug seufzt und schüttelt den Kopf.
„Es tut mir leid, Luwin“, sagt er schon weniger streng.
„Das ist gerade kein guter Zeitpunkt. Geh jetzt, bitte. Lass uns allein!“
Luwin kann es nicht fassen. Wieso schicken ihn die Ältesten einfach weg?
„Aber ich habe ... ich kann ...“, versucht es Luwin noch einmal. Doch die Ältesten haben sich schon wieder in ihr Gespräch vertieft und würdigen ihn keines Blickes mehr.

Begegnungen im Wald

Mit hängenden Schultern trottet Luwin davon. Wie von selbst tragen ihn seine Beine in den Wald.
Auf einer Lichtung setzt er sich auf einen Baumstumpf und grübelt vor sich hin. Tausend Gedanken schwirren ihm im Kopf herum: *„Was habe ich bloß falsch gemacht? Hätte ich am Tor anklopfen müssen? Waren die Ältesten deshalb böse auf mich?“*
Weit kommt er nicht mit seinen Überlegungen. Wie aus dem Nichts tauchen drei Pixies auf. Weil sie streiten, bemerken sie Luwin zuerst nicht.
„Das meinst du doch nicht ernst?“, fragt die erste Pixie.
„Doch!“, meint die zweite. „Glaubst du mir nicht?“

„Natürlich nicht! Das ist der größte Unsinn, den ich je gehört habe!“, erwidert darauf die erste empört.
„Pscht! Hört auf zu streiten“, mischt sich nun die dritte Pixie ein und deutet auf Luwin.
„Seht mal, da sitzt ein lustiger Zwerg, der seine Ohren spitzt! Obwohl, so lustig schaut er gar nicht aus!“
Die Feenwesen kichern.
„Auch das noch!“, denkt Luwin und verdreht die Augen.
„Hihi. Das Zwerglein ist sicher verliebt!“, gluckst eine der beiden, die kurz zuvor gestritten haben.
Die zweite fällt gackernd mit ein und nun trällern sie gemeinsam: „Das Zwerglein ist verliebt, das Zwerglein ist verliebt!“
Luwin hört sich das nicht länger an. Genervt steht er auf und sucht das Weite.
Ohne sich nochmals umzuschauen, stapft er davon. Da hört er auf einmal eine Stimme, ganz nah hinter sich.

„Hey du! Bleib doch stehen!“
Luwin blickt sich um. Es ist eine der Pixies.
„Ich möchte mich für meine Freundinnen entschuldigen. Sie sind normalerweise nicht so gehässig! Tut mir leid!“, sagt sie.
Als sie ganz nah bei ihm ist, streckt sie Luwin ihre Hand hin und sagt: „Ich heiße übrigens Eldrid!“
Luwin funkelt die Pixie zornig an. Er hat absolut keine Lust, mit ihr zu sprechen.
„Wie du heißt, ist mir egal. Und dass du dich entschuldigen willst, kratzt mich auch nicht“, stellt der Zwerg klar. Luwin ist stocksauer.

Eldrid zuckt die Schultern und sagt schnippisch: „Entschuldigung! Ich wollte nur nett sein!“
„Ja, das ist mir aber gleich!“, schnauzt Luwin sie an. „Und jetzt lass mich bitte in Ruhe …“
Weiter kommt der Zwerg nicht. Eldrid hat sich blitzschnell umgedreht und erschrocken den Zeigefinger an ihre Lippen gelegt. Das heißt: Luwin soll still sein!
Gerade als er protestieren will, tauchen eine Zwergin und zwei Zwerge auf dem Weg hinter ihnen auf. Einen davon erkennt Luwin sofort: Es ist Tabok Steinklug. Dem will er heute nicht nochmals

begegnen. Schnell huscht er hinter einen Baum. Eldrid tut es ihm gleich und versteckt sich mit ihm. So können sie einen Teil des Gesprächs belauschen.

„Es ist furchtbar. Was sollen wir jetzt tun?“, fragt die Zwergin.

„Wir müssen dem Volk die Wahrheit sagen“, meint der eine Zwerg. Seinen Namen und jenen der Zwergin hat Luwin vergessen. Aber er weiß: Sie gehören zum Ältestenrat so wie Tabok Steinklug.

Als Luwin dessen Stimme hört, zieht er den Kopf ein. Tabok klingt nicht nur sehr streng. Sein Tonfall ist gereizt.

„Ach ja? Was genau sollen wir unseren Brüdern und Schwestern sagen?“, fragt er. „Dass Gandin nicht regieren kann, weil der Herrscher-Ring verschwunden ist? Sollen wir ihnen sagen, dass ein Krieg droht, wenn der Ring in falsche Hände gerät? Und dass Darrak Donnerbart oder Egrim Erzheim nur darauf warten, uns zu schaden?“
Taboks Stimme ist so kräftig, dass Luwin und Eldrid ihn gut verstehen können, obwohl er sich mit seinen Gefährten schon ein Stück entfernt hat. Dann verschwinden die drei Ältesten um eine Biegung und der Wald verschluckt ihre Stimmen.

Eldrid schaut Luwin entgeistert an und fragt: „Wer ist Gandin und warum kann er nicht regieren?“
Luwin schüttelt verwirrt den Kopf. „Gandin ist der Sohn unseres Königs Gorin Goldstein. Aber warum er regieren soll, weiß ich nicht!“
„Und der verschwundene Ring?“, will Eldrid wissen.

Luwin zögert. „Das muss König Gorins Ring sein. Er ist ein Zeichen der Macht. Ohne Ring gibt es keine Krone. Das ist ein altes Zwergen-Gesetz."
Eldrid hat von Zwergen-Gesetzen keine Ahnung. Aber sie sieht, dass Luwin beunruhigt ist.
Und tatsächlich. Im Kopf des Zwergs wirbeln die Gedanken: *„Wieso ist der Ring fort? Und was hat das mit Gandin zu tun und mit Darrak Donnerbart und Egrim Erzheim? Und wo ist Gorin?"*
Laut sagt er schließlich: „Irgendetwas ist da faul. Es gibt etwas, das keiner wissen soll ..."

Eldrids Vorschlag

Während Eldrid noch über Luwins Worte nachdenkt, springt dieser plötzlich auf und rennt los.
„Moment mal, wo willst du hin?“, ruft die Pixie und saust Luwin mit schnellen Flügelschlägen hinterher.
Bald hat sie ihn eingeholt, aber der Zwerg bleibt weder stehen noch antwortet er. Deswegen flattert Eldrid direkt vor seine Nase.
„Hallo! Hallo-o!“, ruft sie und fuchtelt dabei wild mit ihren Händen herum. So lange, bis dem Zwerg der Geduldsfaden reißt. Abrupt bleibt er stehen und faucht: „Hör auf und lass mich in Ruhe!“
„Klar. Wenn du mir sagst, was du vorhast.“
„Ich muss den Ring suchen. Ist doch logisch!“, schnaubt Luwin.

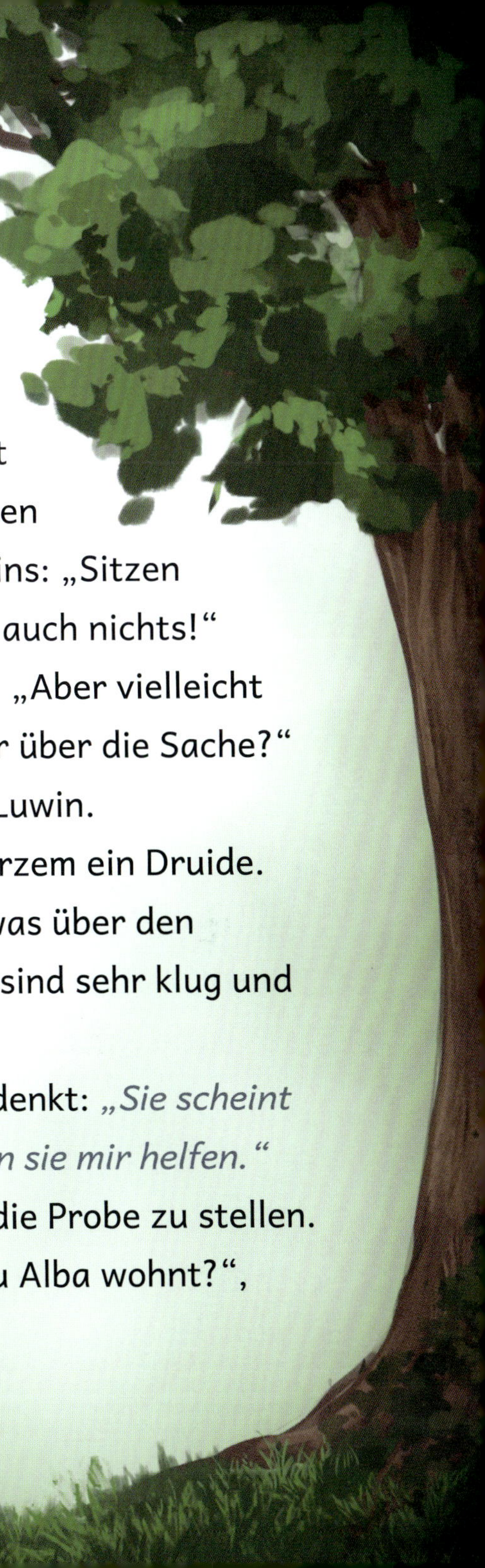

„Und du weißt, wo du suchen musst?“, fragt Eldrid und zieht eine Augenbraue hoch.

„Nein, aber ...“, stammelt Luwin. Der Zwerg weiß selbst nicht so genau, wo er anfangen soll zu suchen. Er weiß nur eins: „Sitzen bleiben und abwarten bringt auch nichts!“

„Das stimmt“, gibt Eldrid zu. „Aber vielleicht weiß ja jemand anderes mehr über die Sache?“

„Wen meinst du?“, brummt Luwin.

„Hier im Wald wohnt seit Kurzem ein Druide. Alba. Womöglich weiß er etwas über den Verbleib des Rings? Druiden sind sehr klug und meistens gut informiert!“

„Hm“, grummelt Luwin und denkt: *„Sie scheint schlau zu sein. Vielleicht kann sie mir helfen.“*
Er beschließt, sie gleich auf die Probe zu stellen.

„Weißt du zufällig, wo genau Alba wohnt?“, fragt Luwin.

„Zufällig, ja“, sagt Eldrid und grinst.
Jetzt muss auch Luwin grinsen. „Dann nichts wie hin.“ Nach einer kurzen Pause setzt er nach: „Ach, Eldrid?“
Die Pixie schaut den Zwerg fragend an. „Ja?“
„Ich heiße Luwin.“

Luwin läuft schon eine Ewigkeit hinter der fliegenden Pixie her. So kommt es dem Zwerg zumindest vor. Immer tiefer geht es in den Wald hinein, bis Eldrid endlich anhält.
Luwin ist froh über die Verschnaufpause. Vom Laufen hämmert sein Herz wie verrückt.
„Wie weit ist es noch?“, keucht er.
„Wir sind fast da!“ Eldrid zeigt nach vorn.
„Ein Glück!“, stöhnt Luwin, der jetzt in einiger Entfernung ein kleines Steinhaus erkennen kann.
Langsam nähern sie sich Albas Haus. Luwin spürt seinen Herzschlag immer noch. Er ist aufgeregt.
„Glaubst du, Alba wird uns helfen?“, flüstert Luwin heiser.

Die Pixie ist zuversichtlich. „Keine Sorge, er ist ein netter Elf. Wenn er etwas weiß, wird er es uns sagen."

„Er ist ein Elf? Aber ...", stottert Luwin.

„Er ist ein Elf, na und?", sagt Eldrid.

Während sie weitergehen, versucht er zu erklären: „Zwerge und Elfen sind nicht die besten Freunde, weißt du. Freilich gibt es da Ausnahmen. Aber meistens verstehen wir uns nicht so gut."

Luwin ist nervös, aber mittlerweile stehen sie vor Albas Hütte und schon klopft Eldrid an die Tür.

„Herein!“, tönt es von drinnen. Es ist eine dunkle und freundliche Stimme, wie Luwin erleichtert feststellt.

Als die beiden eintreten, sitzt der Druide an einem Tisch. Als Erstes fällt Luwin Albas helles Haar auf, das sich stark vom grünen Gewand des Elfen abhebt.

„Es sieht aus wie flüssiges Silber“, findet Luwin. Sein blasses Gesicht und seine dunklen gütigen Augen faszinieren Luwin sofort.

„Eldrid, kleine Freundin! Schön, dich zu sehen“, begrüßt der Druide die Pixie freundlich. Luwin mustert er neugierig.

„Alba, entschuldige die Störung. Aber wir brauchen deine Hilfe“, fängt Eldrid an und blickt zu Luwin. Eigentlich will sie weitersprechen, aber schon platzt der Zwerg heraus: „Ich bin Luwin Eisenherz, Sohn von Lorin. Ich gehöre dem Volk der Hundert-Hügel-Zwerge an!“
„Sei gegrüßt, Luwin, Sohn des Lorin!“, erwidert Alba lächelnd. „Und was kann ich für euch tun?“

Nachdem der Druide Luwins Bericht gehört hat, macht er ein nachdenkliches Gesicht.
„Dass Gandin regieren soll, kann nur eines bedeuten“, meint er schließlich und blickt Luwin direkt in die Augen. Der Zwerg muss schlucken.
„Nämlich, dass Gorin tot ist. Dem Gesetz nach kann sein Sohn erst die Herrschaft übernehmen, wenn der Vater gestorben ist.“
Eldrid blickt unsicher zu Luwin. Täuscht sie sich oder ist ihr neuer Freund tief betroffen über diese Nachricht? Und als ob Luwin Eldrids Gedanken lesen könnte, sagt er leise: „Gorin

Goldstein war ein strenger, aber gerechter und guter König. Wir werden ihn vermissen."
Eldrid weiß nicht recht, was sie sagen soll.
Gerade als sie Luwin tröstend ihre Hand auf die Schulter legen will, hat der sich wieder gefasst.
„Aber was ist mit dem Ring? Wurde er gestohlen?", will Luwin von Alba wissen.
Der Druide schüttelt bedauernd den Kopf. „Ich fürchte, ich weiß nichts über diesen Vorfall."
Luwin ist enttäuscht. Alba kann auch nicht helfen.
Betreten schaut er zu Boden und kickt nach einer Nuss, die dort liegt.
Da erklingt abermals Albas Stimme: „Aber ich werde die Bewohner des Waldes fragen, ob sie etwas gehört haben!"
Schon steht der Druide auf, greift nach seinem Stab und verlässt das Haus. Luwin und Eldrid sehen sich fragend an und folgen Alba hinaus.
Draußen werden sie Zeugen eines besonderen Schauspiels: Mit erhobenen Armen und seinem

Stab in der rechten Hand steht Alba da. Vor sich hin murmelnd beschwört er die Lüfte mit magischen Formeln. Seine Worte klingen wie ein seltsames Lied, dessen Melodie vom stärker werdenden Wind fortgetragen wird.
Nachdem der Druide seine Magie beendet hat, legt sich der Wind. Stattdessen beginnen nun unzählige Vögel zu singen und auch andere Tierstimmen sind zu hören. Es ist ein Zwitschern und Tirilieren, ein Brummen und Summen.

Luwin und Eldrid schauen sich ratlos an, als aus dem Nichts eine Eule auftaucht. Sie fliegt geradewegs auf Alba zu. Und als wäre es das Natürlichste auf der Welt, streckt der Druide seinen Arm aus und die Eule landet darauf. Mit offenem Mund beobachten die beiden, wie sich Alba mit der Eule unterhält. Im wahrsten Sinne des Wortes: Der Druide spricht Eulisch. Immer wieder nickt der Elf, wenn der Vogel ein „Schuhu, „Rewäh" oder „Krief-Krief" von sich gibt. Zum Schluss kreischt das Tier in so hohen Tönen, dass Eldrid und Luwin die Ohren wehtun. „Huhuhuuuuuh", macht daraufhin Alba, blinzelt heftig mit einem Auge und die Eule fliegt wieder davon.

Der Weg zum Erzgebirge

Luwin und Eldrid eilen durch die Dämmerung, so schnell sie können. Nach allem, was Alba ihnen erzählt hat, wollte Luwin keinen Augenblick länger warten.
Gegen Hunger und Müdigkeit hat der Druide ihnen Elfenbrot mitgegeben. Wenige Bissen genügen und ein Zwerg hat Energie für einen halben Tag – für eine Pixie reichen ein paar Krümel. Das merken die beiden sofort, als sie schließlich am Waldrand rasten. Eben noch todmüde, kommen mit dem Essen ihre Lebensgeister zurück.
„Mhmmm!“, seufzt Luwin, während er herzhaft kaut.

Eldrid dagegen kann die Mahlzeit kaum genießen. Sie plagen Zweifel. „Hoffentlich irren wir uns nicht!“

„Waf meinft du?“, fragt Luwin mit vollem Mund.

„Die Eule hat beobachtet, dass ein fremder Zwerg vor ein paar Tagen ein Päckchen von Gorins Diener bekommen hat. Aber ob darin wirklich der Ring war?“, überlegt Eldrid und kratzt sich am Kopf.

„Waf foll denn bitte fonft darin gewefen fein?“

„Luwin, hör auf zu kauen!“, tadelt Eldrid. „Ich verstehe dich kaum.“

Der Zwerg verdreht die Augen. Streiten mag er aber auch nicht. Also schluckt er hastig seinen letzten Bissen hinunter, bevor er weiterspricht.

„Dass der Ring im Päckchen war, das ist so sicher, wie ich Luwin heiße. Und so wie die Eule die Kleidung des Fremden beschrieben hat, war das ein Erzzwerg. Also müssen wir zum Erzgebirge.“ Luwin deutet zum Horizont.

Eldrid nickt und seufzt. Begeistert ist sie nicht von dem, was vor ihnen liegt. Zwischen dem Waldrand und dem Erzgebirge liegt nicht nur die Große Steppe. Daran anschließend erstreckt sich nämlich der Dürre See.

Um diese Jahreszeit ist der allerdings alles andere als ein See. Denn Wasser gibt es hier weit und breit keines. Der See ist ausgetrocknet und gleicht einer Wüste. Tagsüber brennt die Sonne darauf. Es gibt kein Fleckchen Grün und keinen Schatten – nur Stein und Sand.

Zu anderen Jahreszeiten passt der Name aber ganz gut. Denn der Dürre See ist ein riesiger Steppensee. Sein Becken ist flach und sein Wasser daher seicht.

Doch jetzt fließt alles Wasser tief unter der Erde. Wer ans andere Ufer muss, tut gut daran, nur nachts zu wandern und tagsüber zu rasten. Das weiß jeder, auch Eldrid.

Nie im Leben käme eine Pixie auf die Idee, den

Dürren See zu durchqueren. Hitze und Wüste sind einfach nichts für Feenwesen. Sie mögen Wald, Wiese und Wasser. Aber es hilft nichts. Wenn Eldrid Luwin helfen will, muss sie da durch.
„Möchtest du lieber hier auf mich warten?“, fragt Luwin, als er Eldrids besorgtes Gesicht sieht. „Weil ... Ähm. Ich schaff das auch allein.“
Die Pixie schaut Luwin einen Moment entgeistert an, bevor sie ihre Sprache wiederfindet.
„Alba glaubt, dass die grimmigen Erzzwerge den Ring gestohlen haben. Er denkt, dass sie ihn in ihrer schwer bewachten Festung mitten im Erzgebirge verstecken ... und du meinst, du schaffst das allein?“
Luwin zuckt die Schultern.
Eldrid schüttelt langsam den Kopf und grinst.
„Ohne mich und meinen Beutel Feenstaub hast du keine Chance, Zwerg.“
Luwin ist erleichtert. Denn dass er den Erzzwergen allein den Ring wieder abringen kann, glaubt er selbst nicht so recht.

Jetzt fällt ihm Albas zweites Abschiedsgeschenk wieder ein. „Ich glaube, es wird Zeit für den magischen Kräutertrank“, meint Luwin. Er holt ein Fläschchen aus seiner Hosentasche, schenkt die Verschlusskappe voll und hält sie Eldrid hin.

„Ganz deiner Meinung!“, sagt Eldrid und nimmt einen kräftigen Schluck.

Als die Flüssigkeit in ihrem Magen ankommt, reißt die Pixie die Augen auf. Ihr wird heiß und ihre Flügel vibrieren.

„Oh!“, macht sie. Dann schnellt sie wie ein Pfeil hoch in die Luft – nur um gleich darauf in Turbo-Geschwindigkeit wieder zurückzurasen. Knapp vor Luwins Gesicht kann sie gerade noch abbremsen.

Vor lauter Schreck hat der Zwerg beide Hände vors Gesicht geschlagen und blinzelt nun durch die gespreizten Finger. Eldrid ist genauso verdutzt wie er. Dann lachen beide lauthals los. Sie hören erst wieder auf, als ihnen vom Gelächter schon die Bäuche wehtun.

„Der Trank scheint zu wirken“, gluckst Luwin und wischt sich eine Lachträne von der Wange. „Jetzt ich!“ Natürlich zeigt der magische Saft auch bei Luwin seine Wirkung. Schon nach ein paar kleinen Schlucken ist der Zwerg voller Energie – ganz so, wie Alba es vorausgesagt hat. „Wer davon trinkt, fühlt sich tausendfach erfrischt. Obendrein verleiht der Trank Schnelligkeit. Mit dem Inhalt des Fläschchens könnt ihr die Große Steppe und den Dürren See in nur einer

Nacht durchqueren – und zwar hin und zurück."
Luwin hat das zunächst bezweifelt. Zu Recht. Immerhin braucht ein Zwerg normalerweise zwei Nächte, um das Gebiet zu durchwandern – in eine Richtung wohlgemerkt! Aber so wie Luwins Beine nun kribbeln und von selbst anfangen zu trappeln, glaubt er Alba jedes Wort.

„Ich möchte sofort losrennen, und du?" Luwin ist aufgeregt.

„Ich nicht!", antwortet Eldrid.

Als Luwin sie verwirrt anschaut, kichert sie. „Ich möchte losfliegen!"

Luwin schüttelt den Kopf, muss aber auch kichern.

„Auf drei?", fragt er. Eldrid nickt.

„Eins, zwei, drei!", rufen sie gleichzeitig und flitzen los durch die Finsternis, denn inzwischen ist es Nacht geworden.

Unvorstellbar geschwind sind sie, für normale Augen nicht auszumachen. Höchstens Elfen mit ihrem messerscharfen Sehsinn könnten sie bemerken. Aber Elfen sind keine unterwegs.

Überhaupt ist niemand in der Gegend – Skorpiondämonen, Sandtrolle und Wüstenorks einmal ausgenommen.

Bekanntschaft wider Willen

Während sie dahineilen, kommen Luwin Eldrids Worte in den Sinn. *„Ohne mich und meinen Beutel Feenstaub hast du keine Chance!“* Feenstaub ... Luwin hat keine Ahnung, was das ist. Aber er hofft, dass Eldrids kleiner Beutel nützlich sein wird. Denn wie sie den Erzzwergen den Ring abjagen sollen, dazu fällt ihm nicht viel ein.

„Lass uns eine Pause machen!“, ruft Luwin Eldrid zu und drosselt das Tempo. Er zeigt zu einem Felsen.

„Setzen wir uns dort! Wir müssen was besprechen.“

Luwin will Eldrid zum Feenstaub befragen, aber sie ist schneller. Auch sie beschäftigt etwas.

„Gandin ist doch König Gorins Sohn, stimmt's?

Wieso braucht er dann den Ring zum Regieren? Ich verstehe das nicht."

Luwin räuspert sich. Ihm weht eine Prise üblen Gestanks in die Nase. *„Komisch. Dass Eldrid müffelt, ist mir noch gar nicht aufgefallen ..."*

„Luwin? Alles in Ordnung?", fragt Eldrid.

„Jaja. Also es ist so: Zwergen-Herrscher-Ringe sind magisch. Jeder König hat einen Ring, in dem alle Weisheit und alles Wissen seines Volks steckt. Der Ring wird von Generation zu Generation vererbt. So ist gesichert, dass die Kinder genauso weise regieren wie ihre Eltern."

„Ohne den Ring könnte also Gandin kein wissender und guter König werden?“, folgert die Pixie.
„Genau“, antwortet Luwin. „Deshalb gibt es nach Zwergen-Gesetz die Krone nur mit Ring.“
„Und der König der Erzzwerge könnte mit dem Ring dein Volk beherrschen?“, will Eldrid wissen.
„Nein, weil er nicht Gorins rechtmäßiger Erbe ist. Aber wenn er ihn versteckt oder vernichtet, dann würde das meinem Volk schaden. Ohne weisen König würde die Gemeinschaft der Hundert-Hügel-Zwerge früher oder später zerbrechen. Vielleicht würde sogar Krieg ausbrechen.“
„Glaubst du, die Erzzwerge wollen den Ring zerstören?“, fragt Eldrid.
„Ich weiß nicht. Aber wir sollten uns beeilen“, antwortet Luwin. „Bloß ... vorher muss ich dich noch etwas fragen.“
„Frag! Aber Luwin ... ich will dir nicht zu nah treten ... du riechst etwas streng ...“
„Was? Ich? Dass ich nicht lache. Du müffelst!“

„Also, das ist ja wohl die Höhe. Das bist doch du ... Warte!“ Eldrid bekommt große Augen. „Was war das? Hast du das auch gespürt?“
„Äh. Ja ... der Felsen bewegt sich. Eldrid, das ist gar kein Felsen! Flieg weg!“, schreit Luwin und hüpft von dem vermeintlichen Stein herunter. Und das keinen Augenblick zu früh. Denn Luwins und Eldrids Felsen entpuppt sich als Bauch. Als Bauch, der zu einem waschechten, stinkenden Wüstenork gehört. Dieser bringt sich jetzt unfassbar schnell in Stellung.
Er ist bestimmt doppelt so groß wie Luwin und richtig bullig – typisch Ork eben. Mit massivem Unterkiefer, vorspringender Unterlippe und riesigen Hauern. Seine helle Haut und die weißen Haare kennzeichnen ihn als Wüstenork. Liebenswerter wird er deswegen nicht. Seine Glubschaugen fixieren Luwin.
Als er einen Grunzer ausstößt, ruft Luwin:
„Weg hier!“
Da grabscht der Ork auch schon nach dem Zwerg.

Luwin duckt sich und rennt direkt unter dem ausgestreckten Arm des Orks hindurch. Eldrid flitzt nach oben, um außer Reichweite zu kommen, und düst Luwin hinterher.
Der Wüstenork verfolgt sie mit großen Sprüngen, aber gegen die mit Kräutertrank gestärkten Gefährten hat er keine Chance.

Bald bleibt das Ungetüm wütend grunzend zurück.
„Donnerwetter! Das Zeug ist spitze!", ruft Luwin Eldrid zu.
„Dem haben wir gezeigt, was es heißt, schnell zu sein!", jubelt die Pixie. Und so sausen Luwin und Eldrid dahin.

Wenig später können sie schon die Fackeln der Erzburg erkennen. Kurz danach sind die Wachen bereits gut zu sehen. Aufmerksam halten sie nach Eindringlingen Ausschau.
Zum Glück schützt die Dunkelheit die Freunde vor den scharfen Augen der Wachen.
Luwin gibt Eldrid ein Zeichen, dass sie langsamer fliegen soll.
„Da!", ruft der Zwerg und deutet zu einem großen Stein. „Dahinter können wir uns verbergen."
„Na, hoffentlich ist das diesmal wirklich ein Stein", raunt Eldrid Luwin zu. Zum Glück ist er das tatsächlich.

In der Erzburg

Im Schutz des Felsens schnaufen beide erst einmal tief durch.
„Gut. Wie ist der Plan?“, fragt Eldrid dann.
„Also, ich will den Ring erschnüffeln“, antwortet Luwin. Und weil Eldrid begriffsstutzig dreinschaut, setzt er hinzu: „Die Erzzwerge haben viel Erz und Eisen, aber kaum Gold. Also wird es nicht schwer sein, den goldenen Ring mit meiner feinen Nase aufzuspüren.“
Luwin ist stolz auf sich. Das ist ein guter Plan, findet er.
Eldrid sieht das offenbar nicht so. „Aber wie kommen wir an den Wachen vorbei?“
„Äh … hm …“, stammelt Luwin und schaut betreten.
„Darüber hast du nicht nachgedacht?“, fragt Eldrid.

Luwin schüttelt den Kopf.
Die Pixie seufzt. Dann nickt sie ernst.
„Wir brauchen also meinen Feenstaub ...“, fängt Eldrid an.
„Ja!“, ruft der Zwerg dazwischen und strahlt.
Eldrid strahlt auch. „Du weißt, was Feenstaub ist?“

„Mm ... nein.“ Luwin schüttelt den Kopf.
Die Pixie verdreht die Augen und seufzt erneut. „Egal. Also über Feenstaub gibt es viele Geschichten. Dass er uns Pixies eine magische Anziehung verleiht oder uns fliegen lässt und so. Aber das ist Unsinn. Fliegen kann ich, weil ich Flügel habe und eine magische Anziehung ...“
„Eldrid! Komm zum Punkt! Was kann der Feenstaub?“
„Also: Mein Feenstaub macht verliebt!“, verrät Eldrid.

„Waaas?“, platzt Luwin heraus.
„Ja. Jeder Feenstaub ist einzigartig. Meiner bringt andere dazu, sich zu verlieben.“
Luwin klappt die Kinnlade herunter. Verzweifelt fragt er: „Und wie bitte soll uns das helfen? Sollen sich die Erzzwerge ineinander verlieben, oder was?
„Ganz genau!“
„Eldrid, das meinst du nicht ernst!“
„Wieso? Verliebte haben ein vernebeltes Hirn. Sie schweben auf Wolken und nehmen ihre Umgebung nicht wahr. Was Besseres kann uns nicht passieren!“, meint Eldrid. „Oder hast du eine andere Idee?“
Die hat Luwin nicht. Leider. Er zuckt die Schultern und überlegt: *„Vielleicht funktioniert ihr Plan ja.“*
Also schleichen sich die zwei nahe an die ersten Wachen heran. Dann gibt Eldrid ein Zeichen. Das bedeutet, Luwin soll hier leise verharren. Lautlos fliegt die Pixie nach oben. Direkt über den

beiden Erzzwergen hält sie inne. Luwins Nerven flattern. *„Hoffentlich bemerken die uns nicht. Sie schauen furchtbar grimmig aus.“*

In diesem Moment lässt Eldrid ein wenig von ihrem Feenstaub herabrieseln. Als die glitzernden Staubteilchen ihr Ziel treffen, hält Luwin vor Aufregung die Luft an.

„Beim großen Schmied, es muss klappen!“, denkt er.

Dann vernimmt er die Stimme des ersten Wachzwergs: „Algrim, was hast du nur für schöne Augen. Das ist mir noch gar nicht aufgefallen!“
„Danke, Harek!“, flötet der andere.
„So etwas Liebes hat mir noch niemand gesagt. Ich wusste nicht, dass du so feinfühlig bist. Das mag ich sehr!“, sagt der Zwerg namens Algrim und ergreift die Hand seines Kollegen.
Luwin bebt vor Lachen. Er muss beide Hände fest auf seinen Mund drücken, um nicht lauthals loszuprusten. Auch Eldrid hat Mühe, ihr Lachen zu unterdrücken.
Dann haben sich beide wieder gefangen. Eldrid nickt Luwin zu. Das bedeutet so viel wie: „Ich fliege über das Tor und du schlüpfst unauffällig an den Wachen vorbei!“
Ihr Plan geht auf. Unbemerkt kommt Luwin an den verliebten Wachzwergen vorbei. Algrim und Harek haben nur Augen für den jeweils anderen. Luwin ist stolz auf Eldrid. Ihre Idee ist genial – jetzt kann die Suche nach dem Ring beginnen.

So wie die beiden Wachen setzt Eldrid nach und nach auch alle anderen Erzzwerge außer Gefecht. Jeder, der ihnen begegnet, wird mit dem Pulver eingestäubt. Den königlichen Dienern und König Egrim bleibt der Zauber ebenfalls nicht erspart.
In kürzester Zeit verwandelt sich die Erzburg von einer Wehranlage in eine Festung der Liebe. Überall schmachten die sonst so grimmigen Erzzwerge einander an. Die Eindringlinge bemerken sie nicht.

Jetzt kann Luwin zeigen, was in ihm steckt. Er schließt die Augen und reckt die Nase in die Luft.
„Ich rieche Gold!“
„Bravo!“, ruft Eldrid aufgeregt.
Zielstrebig läuft der Zwerg zu der reich gedeckten Tafel im Thronsaal. Leider ist es nicht der Ring, der ihn dorthin geführt hat. Seine Nase hat die goldenen Becher und Teller auf dem Tisch erschnüffelt.

„Oje“, meint Eldrid, „leicht wird das nicht!“
„Es ist unwahrscheinlich, dass Egrim den Ring hier versteckt hat. Hm ... wo könnte er sein?“, überlegt Luwin.
„In der Schatzkammer vielleicht“, vermutet Eldrid.
„Möglich. Aber da würde jeder suchen“, meint Luwin.
Eldrid nickt. „Du meinst, daher ist er eben NICHT dort.“
„Genau. Egrim hat ihn sicher besser versteckt. In seinen Schlafräumen vielleicht?“
„Gute Idee!“, antwortet Eldrid. „Suchen wir dort. Aber schnell! Die Zeit drängt.“

„Wieso?“ Luwin versteht nicht.
„Der Feenstaub macht nicht dauerhaft verliebt“, antwortet Eldrid.
„Das heißt?“, will Luwin wissen.
„Dass sich der Zauber nach und nach wieder auflöst“, erklärt Eldrid.
Luwin überlegt. „Also werden sich die Wachen am Tor bald entlieben?“
Die Pixie rümpft die Nase. „Leider ja!“
„Kannst du sie dann noch mal einstäuben?“, fragt Luwin.
Eldrid nickt. „Klar. Aber das wird schwieriger. Sie werden sich an ihr Verhalten erinnern und misstrauisch sein.“
„Und wer misstrauisch ist, passt besser auf“, fasst der Zwerg zusammen. „Beeilen wir uns!“
Schon flitzen sie weiter durch die Gänge der Erzburg. In den vielen Fluren verlieren sie bald den Richtungssinn.
Die Freunde öffnen jede Tür und schauen in jedes Zimmer. Doch die Schlafräume des Königs

finden sie nicht. Je länger sie suchen, desto mutloser wird Eldrid.
Schließlich ruft sie: „Luwin! Wie sollen wir nur das richtige Zimmer finden? Das ist aussichtslos!"
Luwin bleibt stehen und blickt sich nach Eldrid um. „Was? Willst du aufgeben?"
Eldrid zuckt die Schultern. „Es hat keinen Sinn. Bald lässt die Wirkung des Feenstaubs nach. Die Erzzwerge merken dann, dass etwas nicht in Ordnung ist. Sie werden uns jagen. Wir müssen raus aus der Burg!"
Davon will Luwin nichts wissen. „Ich gehe hier nicht ohne den Ring fort!", zischt er und läuft weiter. Eldrid seufzt. Aber sie folgt ihm, weil sie weiß: Luwin ist ein Zwerg und Zwerge sind stur.
„Schon klar", versucht sie es nochmals. „Aber wir brauchen Hilfe. Wenn Gandin mit seinem Heer kommt, gibt Egrim den Ring vielleicht freiwillig heraus ..."
„Bis die hier sind, dauert es Ewigkeiten ... Warte! Ich rieche Gold!"

Luwin sprintet los. Er hat eine Spur. Eldrid eilt ihm hinterher.
„Der Duft wird stärker!“, ruft Luwin. Dann, ganz abrupt, stoppt er und Eldrid knallt gegen seinen Kopf.
„Autsch!“, beschwert sie sich und reibt sich ihre schmerzende Stirn. Luwin hingegen hat nichts gespürt – so sehr ist er mit Schnüffeln beschäftigt.
„Er muss hier irgendwo sein!“ Aufgeregt tastet Luwin sich an den Steinwänden des Gangs entlang.
„Aber hier gibt es nichts: keine Tür, keinen Raum – nur diesen leeren Gang“, entgegnet Eldrid.
Luwin klebt mit seiner Nase am Gemäuer und schnuppert an den Steinen. Plötzlich hält er inne.
„Hier ist es!“, ruft er und klopft mit den Fingerknöcheln auf einen der Steine. „Dahinter verbirgt sich Gold.“

Seine Finger tappen flink und fieberhaft herum. Eldrid schwirrt nervös hin und her. Vor Aufregung hält sie es fast nicht mehr aus.
„Ha! Ein Geheimversteck!“, ruft da der Zwerg und zieht den Stein heraus. Rasch legt er ihn zu Boden und greift in die Lücke. Heraus holt er ein offenes Päckchen: Gebettet auf einem Tuch glänzt darin ein goldener Ring mit blauem Stein.
„Ist er das?“, flüstert Eldrid.
„Ja“, sagt Luwin und strahlt.
„Juchuuuuh!“, ruft Eldrid und schlägt in der Luft einen Purzelbaum. Und noch einen. Beim dritten Purzelbaum passiert es: Gerade als Eldrids Kopf nach unten hängt, löst sich ihr Beutel und alles Feenpulver staubt ihr ins Gesicht.

Eine verliebte Pixie

Luwin reißt vor Schreck die Augen auf: Eldrids Gesicht ist über und über mit Feenstaub bedeckt. Nach dem ersten Schreck muss sie niesen.

„Hatschiiii!"

Dann lacht sie. Luwin ist erleichtert.

„Pixies macht der eigene Feenstaub anscheinend nichts aus."

Aber er hat sich getäuscht. Als Eldrid ihn ansieht, wird ihr Blick ganz weich.

„Sie grinst irgendwie seltsam", findet er.

Dann sagt Eldrid: „Luwin, deine Nase ist unglaublich süß!"

„Oje. Das ist nicht gut", schießt es Luwin durch den Kopf. Laut sagt er: „Wir sollten schnell weg von hier!"

„Wie du meinst, du bist so gescheit", säuselt Eldrid.

„Äh ... ja." Luwin packt Eldrid an der Hand und zieht sie mit sich.

„Oh, schau!", haucht sie auf einmal, als sie am Thronsaal vorbeieilen. „Wie süß der Wachzwerg da ist! Ich mag seine roten Haare. Und dort, das Hündchen des Königs. Wie lieb. Und erst der König. Ist er nicht entzückend?"

„Oje", stöhnt Luwin. Eldrid hat es eindeutig schwer erwischt. Sie ist in alles und jeden verliebt. Ganz gleich, an wem sie vorbeikommen, alle sind: süß, lieb oder entzückend.

Zum Glück wirkt der Feenstaub bei den Erzzwergen noch. Am Tor allerdings ...

„Lass mich sofort los, Algrim!" ruft der Wachzwerg Harek und stößt seinen Kollegen von sich. Dieser kratzt sich am Kopf.

„Wieso haben wir uns umarmt?"

„Keine Ahnung", brummt Harek und streicht über seinen Bart. „Aber da stimmt was nicht. Komm, Algrim. Wir müssen zum König!"

„Mist. Gleich drehen sie sich um und sehen uns."

Luwin überlegt fieberhaft. Er muss den Ring in Sicherheit bringen. Es gibt nur einen Ausweg. Luwin drückt Eldrid den Ring in die Hand und flüstert ihr ins Ohr:

„Flieg oben über das Tor, schnell!“

„Wieso?“ Eldrid ist verwirrt.

„Pscht!“ Luwin legt den Finger auf den Mund und säuselt: „Äh ... weil dort hübsche Vögel herumflattern, schau nur!“ Er schubst Eldrid sanft nach oben.

Das ist keinen Moment zu früh, denn einen Atemzug später drehen sich die Wachen um und blicken in Luwins Richtung. Wie gelähmt steht der Zwerg da und starrt Harek und Algrim an.

„Jetzt haben sie mich. Beim großen Schmied! Ich glaube, ich werde ohnmächtig.“

Kein Wunder. Er weiß genau, was jetzt kommt.

Seine Gedanken überschlagen sich. *„Sie werden mich festnehmen und in den Kerker sperren. Dort werde ich verrotten! Da, sie kommen schon."*
Luwin schließt die Augen. Er wartet auf das Unvermeidliche. Er wartet und wartet. Aber nichts passiert. Niemand packt ihn oder wirft ihn zu Boden. Deshalb öffnet der Zwerg vorsichtig ein Auge, dann das zweite. Er sieht, dass die beiden Wachen in die Erzburg stürzen.
„Was? Wieso?", denkt Luwin. Er versteht das nicht.
Da hört er Eldrids verzagte Stimme: „Luwin, wo bist du?"
Die Pixie ist nicht weggeflogen. Sie schwebt über dem Tor und schaut sich suchend um.
„Hier bin ich", raunt der Zwerg so leise wie möglich. Die Wachen sollen nicht wieder zurückkommen.
„Wo?"
„Na, hier! Bist du blind?", ruft Luwin verhalten.
„Moment mal." Jetzt kapiert Luwin. Er blickt

an sich hinunter und begreift, dass er sich verzwergt hat. Ohne es zu merken, ist er mit der Mauer verschmolzen. Deswegen konnten Algrim und Harek ihn nicht sehen. Luwin möchte vor Freude herumhopsen. Er hat es geschafft, ohne Anstrengung. Er kann es jetzt!

Luwin Ringbewahrer

An den Heimweg erinnert sich Luwin nicht mehr so genau. Nur noch, dass er Eldrid und sich selbst Kräutertrank eingeflößt hat. Dann sind sie Hand in Hand durch den Dürren See gerast, ohne auch nur einmal stehen zu bleiben. Bei Sonnenaufgang haben sie den Wald erreicht und etwas vom Elfenbrot geknabbert.

Dort hat Alba sie aufgelesen und voller Stolz haben sie dem Druiden den Ring gezeigt. Jetzt begleitet er sie auf ihrem Weg zum Königsmugel.

„Woher hast du gewusst, dass wir es schaffen?“, fragt Luwin den Druiden.

„Ich habe es nicht gewusst. Aber ich hatte Vertrauen in euch – und in meinen Trank“, antwortet Alba und schmunzelt.

„Der ist aber auch richtig stark“, sagt Eldrid und lacht.

Luwin wirft ihr einen verstohlenen Blick zu. Ihre Verliebtheitsgefühle sind zum Glück wieder verschwunden. Darüber ist Luwin heilfroh. Er mag Eldrid. Sie ist ihm bei diesem Abenteuer eine richtig gute Freundin geworden.

„Und schlau ist sie auch“, findet er. Aber dieses Geflöte über seine Klugheit und seine hübsche Nase ... Nein, das braucht er nicht.

„Ach ja“, sagt Alba, als sie vor dem Tor zur großen Halle stehen. „Erschreckt nicht: Es erwarten euch nicht nur Gandin und seine Frau Gamma, sondern auch der Ältestenrat und viele andere Hundert-Hügel-Zwerge.“

„Wieso denn das?“, will der junge Zwerg wissen.

„Gandin und Tabok haben mich gestern Abend aufgesucht, um mich um Rat zu fragen. Da habe ich ihnen alles erzählt. Das hat sich wohl herumgesprochen“, berichtet Alba.

„Oh.“ Luwin rutscht das Herz in die Hose.

„Werden sie mir böse sein? Weil ich es auf eigene Faust versucht habe?“

Alba fängt Luwins nervösen Blick auf und zwinkert dem Zwerg zu. „Sei unbesorgt. Alle werden froh sein, dass ihr gesund heimkehrt. Vor allem deine Eltern, Luwin."
Beim Gedanken an seine Eltern wird Luwin mulmig. Er freut sich sehr auf sie. Aber er hat auch ein wenig Bauchweh. Immerhin ist er fort gegangen, ohne Bescheid zu sagen.
Als die drei die volle Halle betreten, geht ein Raunen durch die Menge.
Kurz darauf stürzen auch schon Luwins Eltern herbei und schließen ihren Sohn in die Arme.

„Bitte entschuldigt!“, nuschelt Luwin ins Gewand seiner Mama. Diese drückt ihn fest und flüstert heiser: „Ich bin so froh, dass du zurück bist! Bitte mach das nie, nie wieder!“ Die Tränen kullern ihr über die Wangen. Aber das kümmert sie nicht.

Dann stehen Eldrid und Luwin vor dem königlichen Paar. Die beiden verneigen sich tief vor Gandin und Gamma. Deren Gesichter wirken ernst.
„Wir sind sehr froh, dich wohlbehalten wiederzusehen, Luwin. Auch, dass deiner Freundin nichts passiert ist“, sagt Gandin. Dann räuspert er sich und stellt die entscheidende Frage: „Wart ihr erfolgreich?“
Ganz still ist es in der Halle geworden. Viele halten jetzt den Atem an – jeder will die Antwort hören.
„Ja“, sagt Luwin und nickt. „Wir haben den Ring.“ Er zieht ihn aus seiner Hosentasche

und übergibt ihn Gandin. Dieser seufzt. Es scheint, als würde eine schwere Last von Gandins Schultern genommen. Dann steht er auf und wendet sich an sein Volk: „Brüder und Schwestern! Wie ich euch vorhin erzählt habe, ist euer guter König Gorin, mein lieber Vater, vor einigen Tagen gestorben. Seither war auch der Ring verschwunden, gestohlen von den arglistigen Erzzwergen. Aber seht her: Luwin Eisenherz hat Gorins Ring zurückgebracht. Damit kann ich euch in Weisheit regieren. Genauso wie es mein Vater getan hat."

Nach seiner Ansprache steckt Gandin sich den Ring an den Finger und hält seine Hand hoch. Auf der Stelle bricht Freudengeschrei los, das gar nicht mehr enden will. Erst als Gandin ein Zeichen gibt, verebbt der Jubel.

„Luwin, ich stehe in deiner Schuld", wendet sich Gandin wieder an den jungen Zwerg.

„Du hast dein Volk gerettet. Ich möchte dir einen Wunsch erfüllen. Ganz gleich, ob du Gold,

Silber oder Edelsteine willst. Du bekommst alles!"
„Ich danke euch, König Gandin.", sagt Luwin feierlich. „Aber ich will nichts von alledem. Ohne Eldrid und Alba hätte ich den Ring nie wiederbeschaffen können."

„Dann danke ich auch euch, Freunde von Luwin! Ihr habt ebenso einen Wunsch frei."

Doch der Druide und die Pixie betonen, dass sie wunschlos glücklich sind. Nur Luwin ringt mit sich. Er weiß nicht, wie er es sagen soll. Es ist ihm peinlich, seine große Bitte zu äußern. Dann gibt er sich einen Ruck.

„Mein einziger Wunsch wäre es, der Gemeinschaft der Großen anzugehören!", presst er hervor.

Gandin zieht eine Augenbraue hoch, dann schmunzelt er.

„Luwin, Sohn des Lorin: Dein Wunsch sei mir Befehl! Ich ernenne dich zu einem vollwertigen Mitglied der Gemeinschaft der Großen.

Zudem wirst du ab heute einen Zusatz im

Namen tragen. Du sollst nun Luwin Eisenherz Ringbewahrer heißen!“

Wieder braust Jubel auf. Alle freuen sich über die Ehre, die Gandin Luwin damit zuteilwerden lässt. Luwin grinst Eldrid und Alba zu und schaut sich nach seiner Familie um. Alle freuen sich mit ihm – es ist sein großer Tag.

Bald bringen Diener Speisen und Getränke in die Halle und decken die Tafel für ein großes Festmahl. Immerhin gibt es nicht nur die Rückkehr des Rings, sondern auch einen neuen König zu feiern.

Hundert
Hügel
Flusslande
Große
Wiesen
Sumpflande
VALORUN